LA STATUE

DE

NAPOLÉON,

REPLACÉE

SUR LA COLONNE DE LA GRANDE-ARMÉE,

POÈME

Qui, au jugement de l'Académie des Sciences, Arts, Belles-Lettres, etc., du département de la Somme, a remporté le PRIX décerné dans la séance du 31 août 1834.

PAR M. CHEVALLIER,

PROFESSEUR DE RHÉTORIQUE AU COLLÈGE ROYAL DE VERSAILLES.

Quo non præstantior alter.
VIRGILE.

VERSAILLES,
ANGÉ, LIBRAIRE-ÉDITEUR,
rue Satory, n° 28.

PARIS,
CHEZ LES PRINCIPAUX
LIBRAIRES.

1834.

LA STATUE

DE

NAPOLÉON.

VERSAILLES. — IMPRIMERIE DE MARLIN,
avenue de St.-Cloud, n° 3.

LA STATUE

DE

NAPOLÉON,

REPLACÉE

SUR LA COLONNE DE LA GRANDE-ARMÉE,

POÈME

Qui, au jugement de l'Académie des Sciences, Arts, Belles-Lettres, etc., du département de la Somme, a remporté le Prix décerné dans la séance du 31 août 1834.

Par M. CHEVALLIER,

PROFESSEUR DE RHÉTORIQUE AU COLLÉGE ROYAL DE VERSAILLES.

Quo non præstantior alter.

VIRGILE.

VERSAILLES,

ANGÉ, LIBRAIRE-ÉDITEUR,
rue Satory, n° 28.

PARIS,

CHEZ LES PRINCIPAUX
LIBRAIRES.

1834.

LA STATUE

DE

NAPOLÉON.

D'un soleil de juillet l'aube à peine commence :
A pas précipités où court ce peuple immense ?
Du sang qui va couler tristes avant-coureurs,
Ces cris annoncent-ils de nouvelles fureurs ?
Le glaive brille au loin, et l'air frappé résonne
Du pas des fiers coursiers et de l'airain qui tonne.
Hé quoi ! Paris, ému jusqu'en ses fondemens,
Va-t-il renouveler ses grands enseignemens,
Comme en ces jours de gloire où sa juste furie
D'un odieux parjure a vengé la patrie ?
Non. Ces chants d'allégresse et ces pas empressés,
Ces accens du plaisir, dans les airs élancés,
Des plus brillantes fleurs ces femmes couronnées,
Ces vierges, de jeunesse et de-grâces ornées,
Ce peuple, ces guerriers, et ce vaste concours,
Tout annonce la paix et le plus beau des jours.

Le mouvement s'arrête, et dans ces lieux s'achève
Où d'un nouveau Trajan le monument s'élève.
Princes, peuple, guerriers ont pris place... et leurs yeux
Se portent à l'envi vers ce fût glorieux,
Qui, de faits inouis consacrant la mémoire,
Dans ses pages de fer déroule la victoire.
Quel spectacle enchanteur ! là, tous les cœurs émus
Par quelque grand espoir paroissent suspendus ;
Des soldats, dont l'honneur a payé les services,
Baignent de pleurs nouveaux leurs vieilles cicatrices,
Et debout, attentifs, comme prêts au signal,
Semblent veiller encor près de leur général.

Mais, sous un ciel si pur, que vois-je ? quelle nue
Du faîte triomphal a dérobé la vue ?
Le bronze des combats par cent coups a tonné,
Le nuage se fend... A notre œil étonné,
O prodige ! vingt ans, et veuve et délaissée,
La colonne a repris sa splendeur éclipsée :
Qui donc y poseroit un pied audacieux ?
Oui, c'est Napoléon qui redescend des cieux.
O concert unanime, et touchante allégresse !
Un peuple tout entier, dans son ardente ivresse,
Salue, avec des pleurs, l'exilé de retour,
Et contemple ses traits avec des yeux d'amour.
Voilà cette pensée et puissante et féconde ;
Voilà ce bras vainqueur, qui pesa sur le monde,

Qui donna largement des sceptres et des fers,
Et qui, même enchaîné, fit trembler l'univers!
A l'aspect de ce front, les grandeurs disparoissent:
Devant l'Empereur mort les rois vivans s'abaissent,
Ils révèrent leur maître! et, fait pour dominer,
De son trône immortel il semble encor régner.

    Jouis, Napoléon, jouis de nos hommages!
D'un barbare étranger ne crains plus les outrages;
Tu tombas comme nous, aux jours de nos malheurs;
La France se relève, et te rend tes honneurs.
Qu'on apporte à ses pieds les plus riches offrandes!
A son aigle immobile attachons nos guirlandes!
Quel chef ou quel vainqueur avoit mieux mérité
L'essai que nous faisons de notre liberté?
Mais, parmi ces respects rendus à ta mémoire,
Permets-moi, grand héros, d'interroger ta gloire!
On t'a laissé bannir, on t'adore aujourd'hui:
Français, répondez-moi! qu'honorez-vous en lui?
A qui de tant d'amour prodiguez-vous la marque?
C'est au grand citoyen, et non pas au monarque;
C'est au législateur, qui nous rendit nos droits;
A celui dont l'Europe admire encor les lois;
Qui dans cent lieux divers éleva des trophées,
Et qui vit sous ses pieds les haines étouffées.
Qu'importe à nos Français le gendre des Césars?
Fils de la liberté, grandi dans les hasards,

On reconnoît en toi tous les traits de ta mère,

Dans un fils égaré, c'est elle qu'on révère,

C'est elle qui t'ouvrit ces chemins triomphans,

Et tes premiers exploits sont aussi les plus grands.

Sorti d'un rang obscur, et ce fut là ta gloire (1) !

Tu parois au grand jour, guidé par la victoire;

Les civiles fureurs et leurs succès sanglans,

En signalant ton nom, te portent dans les camps.

Dès lors, plus de repos : ton âme impatiente

Dévore l'avenir dans sa pénible attente;

Il te faut des combats, des trônes à donner,

Un monde à conquérir, la gloire à moissonner.

Une fois élancé dans ta vaste carrière,

Qui pourroit mettre un frein à ta fougue guerrière?

Tout tombe sous tes coups. Quels hauts faits ! quels combats,

Dans ta chère Italie, ont illustré ton bras !

D'Alvinzi, de Wurmser les vaillantes armées

Ont perdu devant toi leurs vieilles renommées.

De l'Empire ébranlé tu menaces le cœur,

Et l'aigle des Césars fuit devant un vainqueur.

Ton pays est sauvé : rien ne manque à ta vie;

Pour la grandir encor, il lui falloit l'envie (2);

Tu l'obtins. Dès long-temps, avide de hasards,

Vers l'antique Orient tu tournois tes regards;

Jeté sur cette terre, en prodiges féconde,

Sur ce sol, qu'ont foulé tous les vainqueurs du mon

Craignez que, sur les pas des fameux conquérans,
Il n'y puise cet art qui forme les tyrans !
Aveuglement fatal ! la haine envenimée
T'exile sur les mers, mais avec une armée.
Malte en vain de ses murs repoussa le croissant,
C'est un jeu pour ton bras ; il l'écrase en passant.
Le Nil est sous tes yeux, tu brises les obstacles,
Et l'Egypte est encor la terre des miracles.

Aigle majestueux, bientôt tu prends l'essor
Des sables d'Aboukir au sommet du Thabor ;
Les siècles entassés, du haut des Pyramides,
Contemplent tes guerriers, et leurs chefs intrépides,
Et le Sphinx de nos preux voit les illustres fils
S'avancer avec toi sous les murs de Memphis ;
Le désert est forcé, rien n'a pu le défendre :
Tu triomphes aux lieux où vainquit Alexandre.
Instrumens du destin, qui croyiez le punir,
Voyez ! ce ciel brûlant mûrit son avenir !

Mais des bords de Fréjus, quels chants ! quels cris de joie !
L'infidèle Océan a revomi sa proie.
Le ciel, en le sauvant et du fer et des flots,
A de plus grands destins réservoit ce héros.
Il s'avance par bonds, et seul, et sans cohortes,
Le vainqueur d'Orient déjà touche à vos portes,
Il paroît. De quel œil soutenir tant d'éclat ?
Foibles mains, remettez les rênes de l'état !

Cédez à ce grand nom, devenu populaire,
Qu'il revête à trente ans la toge consulaire !
Prix, sans doute inouï, de ses vastes travaux
Que tu vas enfanter de prodiges nouveaux !
Par cet autre Annibal les Alpes sont franchies,
Et la foudre descend de leurs crêtes blanchies ;
Mélas, dans Marengo, surpris et consterné
Reçoit le coup fatal qui lui fut destiné,
La France voit venger sa puissance avilie :
Une seconde fois tu nous rends l'Italie.
Crois-moi, jeune guerrier, modère tes désirs :
N'éveille pas en nous de tardifs repentirs !

   Consul que tu fus grand ! alors qu'en nos murailles
Tu rapportois vainqueur le prix de cent batailles !
Quand ton triomphe illustre étaloit aux regards
Ces sublimes tributs, ces merveilles des arts :
Paris, la France entière accourue à tes fêtes,
Célébroit à l'envi ces superbes conquêtes.
Sous leurs brillans lambris tes palais enchantés
Rassembloient un essaim de piquantes beautés,
Qui, rivales d'attraits, éprises de la gloire,
Sur les cœurs attendris essayoient la victoire,
Et, dans leur doux empire, en des liens de fleurs,
De Rivoli, d'Arcole enchaînoient les vainqueurs.
Cependant par ton bras la France assez illustre
Devoit à tant de gloire unir un nouveau lustre.

Ranimés à ta voix, soudain, de toutes parts,
De leur profond sommeil on voit sortir les arts.
Des talens créateurs, dans leurs savantes veilles,
Des Goujon, des Perrault égalent les merveilles;
Isabey, Gros, David, sous leurs brillans pinceaux
Retracent ton image ou tes fameux travaux;
D'utiles monumens décorent la patrie;
Des chemins sont frayés à l'active industrie;
On aplanit des monts; on creuse des canaux,
Et nos vaisseaux altiers, fendant au loin les eaux,
Portent ta renommée aux deux bouts de la terre,
Et s'instruisent d'avance à braver l'Angleterre.

Mais, parmi tant de soins, tu trouvois des momens
Pour ces jeux, des héros nobles délassemens.
Que de fois, aux bravos d'un parterre idolâtre!
Ta présence animoit les plaisirs du théâtre,
C'est alors que Talma, farouche, l'œil hagard,
Dans Oreste, atteignait les bornes de son art;
Duchesnois, empruntant les traits de Melpomène,
Du repentir de Phèdre attendrissoit la scène,
Et Saint-Prix de Caïn exhalant les fureurs,
Sur nos fronts pâlissans imprimoit ses terreurs.
Partout régnoient les jeux, le luxe et l'abondance.
Dans ses prospérités, trop heureuse la France,
Si tu n'avois voulu, sur le cœur des Français
Affermir de pouvoir que celui des bienfaits!

Arrête ! il en est temps : l'Univers te contemple :
De mépriser le trône offre le rare exemple !
Tu nous fais triompher, mais tu brises nos lois ;
En deviens-tu plus grand sous la pourpre des Rois ?
C'est l'arrêt du Destin : il faut qu'il s'accomplisse :
Arrache à ton pays ce cruel sacrifice (3) !
Empereur, tu ravis, tu donnes des états ;
Que me fait, Liberté, la gloire où tu n'es pas ?
Austerlitz et Wagram, prodiges de vaillance,
Tant de sang répandu coula-t-il pour la France ?
Madrid, Dresde, Moscou, dans vos succès divers,
Jours fameux, vous avez commencé nos revers !
Quelque rang que vos noms obtiennent dans l'histoire,
Vos hauts faits de Fleurus continuoient la gloire...
Je vous passe à regret Iéna, Friedland,
Waterlo... mais je cherche un spectacle plus grand.

Vous, qu'il vit à ses pieds, venez, Maîtres du monde !
Venez le contempler dans sa chute profonde !
Vous croyiez de son front obscurcir la splendeur ;
Combien l'adversité rehausse sa grandeur !
Le voilà ce vainqueur, cet effroi de la terre !
Jeté sur un rocher par deux coups de tonnerre,
Abandonné de tous, proscrit, persécuté,
Ah ! c'est là que pour moi tu deviens : Majesté !
Au Louvre, je t'ai plaint ; sur un roc, je t'admire :
Là, sur mon cœur brisé que tes maux ont d'empire !

En vain un lâche Anglais, ministre de fureurs,

Te versoit lentement la coupe des douleurs;

Toi, calme, ramassant ta force surhumaine,

Tu riois des efforts d'une impuissante haine.

Quand, las de t'obséder, tes atroces bourreaux

Donnoient, par leur absence, une trève à tes maux,

Tu t'occupois alors de ces pages fidèles,

Des plus grands sentimens archives immortelles.

Amis, qui l'écoutiez, avec quelle candeur

Ce héros dérouloit les replis de son cœur!

Connois ta perte entière, ô France, ô ma patrie!

S'il eût jamais revu cette terre chérie,

Combien, pour ta grandeur, il auroit profité

Des leçons de l'exil et de l'adversité!

Absente, ton bonheur fit son unique étude.

Quand, fuyant ses geoliers, cherchant la solitude,

A l'amitié craintive il cachoit sa douleur,

Quels sentimens unis fermentoient dans son cœur?

Les bras croisés, debout sur un rocher sauvage,

Sous ses pieds ébranlés quand mugissoit l'orage,

Étendant sur les flots ses regards attendris,

Il songeoit à toi, France! il songeoit à son fils.....

Bientôt il revenoit, renfermant ses alarmes;

Vouloit-il qu'un Anglais pût jouir de ses larmes?

Ton âme a triomphé, grand héros! mais ton corps

Voit insensiblement se briser ses ressorts;

Après six ans entiers d'une horrible torture,
Terrassé par tes maux, vaincu par la nature,
Tu tournas vers la France un œil mourant et doux,
Et ton dernier soupir s'est exhalé vers nous.

Français, qui lui rendez un solennel hommage,
Il laisse à recueillir un sublime héritage :
Que font de notre amour les soins religieux?
Ce bronze attend, hélas! ses restes glorieux.
Celui, que nos soldats ont appelé leur père,
Dort seul, enseveli sur la terre étrangère.
Ce trésor est à nous, qui pourroit le garder?
Aux superbes Anglais osons le demander!
Voudroient-ils retenir, par une basse envie,
Napoléon captif au-delà de sa vie?
Ah! qu'ils laissent jouir ses mânes ulcérés
Des honneurs, du repos qui leur sont préparés!
Que la tombe est légère au sein de la patrie!
Quel concours! que de pleurs! quand la cendre chérie,
De ses fiers ennemis désarmant le courroux,
A travers l'Océan, reviendra parmi nous!
Un tombeau pourroit-il exciter des alarmes?
Napoléon doit être aux lieux où sont ses armes.

Et toi, dieu des combats, dont les puissans regards,
Du haut de la colonne, embrassent ces remparts,
Mets en nos cœurs, armés contre la tyrannie,
L'horreur de l'étranger, l'amour de la patrie!

Jette au sein de nos fils le germe des vertus !

Et, si par des revers nous étions abattus,

Si les hordes du Nord profanoient nos murailles,

Apparois à leurs yeux, comme aux jours des batailles !

De tes guerriers d'airain réveille les exploits ;

Et que ton ombre encor épouvante les Rois !

VARIANTES.

Après ce vers, *de Rivoli, d'Arcole....* il y avoit :

Modèle de douceur, et de grâce divine,
Parmi tant de beautés s'élevoit Joséphine ;
Et, reine avant le temps, par ses charmans attraits,
A son époux consul préparoit des sujets.

NOTES.

(1) On ne veut pas nier la noble origine de la famille Buonaparte, mais toujours est-il vrai de dire qu'elle étoit fort éloignée du trône.

(2) Dès ses campagnes d'Italie, Buonaparte avoit jeté ses regards vers l'Orient ; mais l'opinion commune alors étoit que le Directoire avoit saisi cette occasion d'éloigner un guerrier dont la gloire lui étoit importune.

(3) Il est historique que la proclamation de l'Empire fut reçue dans Paris avec un morne silence, et écoutée par peu de personnes qui n'y soient indifférentes ; la gloire ramena l'opinion.

www.ingramcontent.com/pod-product-compliance
Lightning Source LLC
Chambersburg PA
CBHW071641030726
47598CB00005B/1962